五行歌集

宇宙人観察日記

山崎　光
Yamazaki Hikaru

そらまめ文庫

目次

1　半分になった公園

ほんとうの意味で
自由だった
赤白の
送電塔が
東京タワーだったころ

色とりどりの
トレーナーを
着ているどの子にも
袖には
墨

褶曲した
地層のような
黒板の
掃除のあとの
かおり

記憶を
手繰り寄せても
あの子は
戻ってこない
空《から》の綱引き

レールの上に
ぽっと置かれた小石
そんな小さなことで
停まってしまう
ぼくの頭

あがり続ける
エレベーターで
地団駄
緊急停止で
我に帰る

椅子取りゲームで
ほんとうに
ほしいのは
さいしょに
座ってた椅子

あの日
脱ぎ捨てた
汚れた上履きを
もう一度
はきたい

夢の中で
上手く走れなかった
ことを
後悔しつづけて
もう何年

青春
というより
酔生夢死か
あの日々は
雲のうえ

ドラマのようには
いかず
悔やんだ日々
どの名作より
素晴らしき日々

溶けきらない
底に残った
粉だ
どうしても
大人になりきれない所

頭の
ひきだしの奥から
くしゃくしゃに
なった記憶が
ぽろりとこぼれでた

昨日と今日の
境界線に
引かれた
石灰は
薄く広がる

懐古ばっか
で
まるでかげおくり
今が
よく見えない

紆余曲折したはず
なのに
振り返れば
いつも
一本道

一方通行
もう戻れないなら
バックミラー越しに
かすかに
見させてよ

なにかが
終わったとき
トンネルを
掘り終えたように
風が抜ける

君も年をとって
あの山はそのままで
降り積もる雪もそのままで
そのままのふりをしてるのは
私

５３５９５９万回の
再生数の中の何回か
に
あの頃の自分が
埋まってる

青春の不完全燃焼
有毒ガスも
発生して
ひき寄せられる
なんてかぐわしい

子供であったことを
うらやましく思い
そのうち
人間であったことも
なつかしく思う

サイコロ
で
6を
出したくない
みたいな日々だった

広い公園
半分は
家になった
角を曲がるまでは
広いまま

2　サクラサク

サンドウィッチ
舌が触れるのは
いつもパン
おわりとはじまりの
サンドウィッチ

ごめんな
さい
と
遮られる
阻まれる

生きてる
ということが
恥ずかしく
なる
夜

ぼくらを構成する
原子も
違う性質で
ひき合うから
仕方がないね

きみと
ぼくの
間で
クレショフ効果
本当のことは何にもしらないね

毘沙門天も
鬼を踏みながら
明日《あす》の
献立を
考えている

眠るまでは
今日
さよならを
告げるまでは
二人か

幸せの
中に
いるときも
おわりを
見つめている

しあわせと
ふしあわせの間に
「普通」の皮
を被った
幸せがいた

ヒトの眼は
静止するものを見れない
私も
平凡な日常を
幸せと見れない

君が食べた
晩ご飯も
知らないのに
私は何を
知るのか

傷付いた心は
磨りガラスに
愛を受けつづけた
心は
結露でまっしろ

左右を
入れ替えても
わからない
眼球で
君を見つめる

たった一言で
閉め出された
オートロック
そんなつもりは
なかったのに

人間は
恒温動物
人間の
心は
変温動物

幸せが
足枷に
みえるとき
愛は深く
杭を打たれている

「あの時は
素直に言えず」
と
素直になれず
吐き捨てた

水のように
渇きを覚えた
ときにしか
気づけない
大切さ

桜並木を
待ち続けて
早咲き桜を
ないがしろに
君はずっと見ていた

桜吹雪に
なるまで
気づかなかったな
キミとの日々の
美しさに

また君と見れた
桜
愛の合格通知
みたいだ
サクラサク

3

冷え固まった鉄

どうやら
教科書は
本では
なかったようだ
役目は終えた

点数化された
からだで
外れることの
許されない
道を歩み続ける

子どもの頃から
お手本をなぞれなくて
曲がって汚いまま
だけど
それも自分かな

ああ
なんて浅はかだったのか
雨上がりの校庭の
水たまりで
自分を見ていたのだ

ずっと
かけてるメガネが
いつ汚れたか
なんて
わからない

ずっと
着てきた常識は
Tシャツのようには
簡単に
裏返してたまるか

脱線しても
走りつづける
プラレール
壁まで
つきすすめ

死んだら
沸いてくる
香典で
次の戦の
武器を買う

君は幸せそうで
君は悩みがなさそうだ
私はかわいそうで
あなたは
変わらないで

全色入るはずの
パレットは
青や
白で
もういっぱい

私は
核の子
未来を期待された
昔が
懐かしい

歩道から
追い出され
車には
あしらわれる
自転車《ぼくら》

蛹じゃまだ
蛾か
蝶か
わからないから
ちやほやされてた

幼虫より
やわらかい
だから
蛹を
潰すな

私の夢は
夢を叶えることです
どんな夢でも
構わない
叶う喜びを知りたい

肯定を
糧に
生きて
また
肯定を求める

半べそで
序盤のステージに
取り忘れた
コインを
かき集める日々

今と
思っていた時間は
過ぎ去って
鎖のように
少しづつ今に触れている

中途半端に
過去を
引き摺り回して
気づけば
首輪しか

次のステップに
進んだ
わけじゃなく
過去の自分が
ゴムみたいにのびてる

早く
化石になるように
おもいでの
上に
座っておく

おもいでは
墓石
ひだまりの下で
ひんやり
冷たい

人間は
地球の細胞
だから
ぼくはもうすぐ
全能性を失う

4　生きぞこない

メビウスの輪
を
水上ゴザ走り
的な
日々

ダイヤル錠を
勘で
開けるような
日々
もう一通り試したはず

ひとの金儲けの
道具にまみれて
何も稼げず
ただ
萎びていく

道徳を
倫理を
掛金にして
人権を
積立てる

外はカリッと
中は半生で
社会に適応してた
ネタにもできず
美味くなく

いかつい顔
して
整列駐車してる
ワゴンだ
君は

食べ飽きた
手作りの
経験より
美味しい
冷凍食品を味わいたい

かじったパンケーキが
三日月のかたち
だったけど
恥ずかしいから
両端すぐ食べた

なにが
うまいのかわからない
セロリみたいな
モテ男を
睨む

俺は
俺のままで
君になりたいのだ
だから
誰にもなりたくない

睨みつけたら
外れかかった
コンタクトレンズ
みたいな
弱い心《チキン》

道端に
落ちてた
プリクラ
吸い込まれそうなほど
きらきらした世界

心まで
すっぴんねまき生活
厚塗りの
下の
シミをみつけた

寝てる間に
つけた
シーツのしわ
覚えてないけど
確かにつけた

ドロドロ溢れだす
ゼリーのような
自分
味はあるが
形はない

剝がしても残る
シールのように
現世への
執着は
まだ消えない

幼いとき
タンスに
べたべた貼った
偏見《シール》を
剥がす

ジャイアンに
ジャイアンは悪
だと刷り込まれた
ぼくは一生
のび太のまま

人差し指より
ちいさな
リセットボタン
全然押せない
背中ごと押して

メリケンサックは
己を
守るが
拳は
守らず

弱さ由来の
やさしさと
強さ由来の
やさしさ
保険か傲慢か

ひとは結局
全部自分のため
そんなことはない
と言うのも
自分のため

顔が変わったら
記憶が無くなったら
どこまで自分なのか
私は
玉ねぎ人間

自分に付けられる
#ハッシュタグ
は
いくつあるのか
何があるのか

国民総
ソメイヨシノ化
出る杭を打って
遅咲きでも
いいじゃないか

生きにくさ
にも
優劣があって
ぼくは
甘ちゃんだと

私を構成する
分子よ
暴れ回れ
空高く
飛んでいくまで

時間が足りないのは
自分が
羽化
しようと
してるから

5　むしょく

私は
ロイコクロリディウム
のように
社会に
侵入していく

私は
踏みしめた
まだ真っ黒だけど
小石になった
アスファルト

知らない街を
知ってるフリして
ひとり早足
流れを追う
おとな　とは

これまでの
答え合わせを
するように
大人に
なってゆく

閻魔大王が
私服で
とおっしゃったのに
みんな
白装束で来やがる

柱を巣食う
害虫
から
益虫への
キャリアアップ講座

履きちがえてた
自由を
脱ぎすてて
革靴を
しめなおす

第二希望
だった
やりがい搾取で
ブラックな
「人間」

早期退職を募っていた
「こども」
もう一度
再就職
できませんか

愛する人の
ために
サンタクロース
には
就職希望

間違ったとこに
生まれ落ちて
流れに乗れない
君は
小便器のガム

努力
しても
君
は
セイタカアワダチソウ

ヒーローに
なりたかった夜
ティッシュ配りの
おじさんから
二つもらう

まだ今日は
青が
男か
おそるおそる
神経衰弱

星になりたくて
飛行機は
ライトを
ちかちかさせる
私もなりたい

授業中
想像していた天変地異は
起きたのに
ぼくは
ヒーローになれてなかった

己の中の
カンダタよ
その手に握る
のは
――蜘蛛の糸なのか

6　食い散らかし

自分の靴の
ゴム底の
跡がついた
恩を
だきしめる

なにかと
教えたがりの
ひとだった
人の死まで
教えていった

置き場のない
おもちゃの
行き場は
ゴミ箱か
こどもの腕の中

裡に住む
自分に
見透かされたような
今朝の夢
現に戻れず

支流にもどれない
本流
原石にもどれない
ダイヤモンド
ひんやりつめたい

食い破ったセーターの
柄の
すばらしさも
気づかず腹一杯
私はダニ

張り替えられない
障子に穴あけ
もぐらたたき
ひらひら舞う
大切なもの

タンス裏の窓が
まだ
割れてないから
死んでないと
言い張る

私の本心は
いつのまにか
ただ涙を吸う
レタスに
なった

保身に走ったとき
すでに崩れている
ぽろぽろ
落ちる砂壁に
さわるな

何度も生え変わる
サメの歯
みたいな今日を
浪費して
昨日の私は泣いている

霞を食べる
仙人を
見習え
刹那を食らう
凡人たち

二度と顔も
思い出せないような
ひとに
支えられてる
組体操のピラミッド

日常が枯れ果てて
青さを
求めあう
流れ去った
あとで

泣きたくなるとき
心は
もうすでに
先に
泣いている

何事にも
おわりがあるなら
おわりがあること
それ自体に
おわりはないのか

いつまでも
完成することはない
満月のように
満ち欠けを
繰り返す

私は月
満月のようで
すこし欠けてる
まんまるに
なりそこないの月

今
私の中で
ひとり死んだのに
電車は夕陽の中
走り続ける

7　暗くなったら

自分の顔しか
見えない
夜電車《よでんしゃ》
窓は
こころをうつす

バスか
トラックか
わからないくらい
うつむいて
歩く夜

夜は
透き通った
水のように
全てを
溶かしていく

風呂上がり
ドアを閉めると
浴槽は波立つ
私の後ろで
夜の海へと

この星も
波の流れを
決められない
ゆれうごく
脳波

雨が痺れる
ガラスの中で
ひとり
悲しみに
暮れる

壊れそうな心は
色とりどりの
さまざまに
入った
溢れそうなペン立て

投げられた
浮き輪を摑まず
沈んでいきたい
光が藍に
濁りきるまで

夜のトバリの
あちこちが
隠し扉のように
くるくるきらきら
回りだす

カーテンを
開けるまで
わからない
朝か夜
まるで宇宙船

夜が
私の部屋を
私の部屋に
するのだ
邪魔ものは隠れて

ふわふわ
漂う
宇宙飛行士
自分の向きを
変えられない

ピンホール
のような
月
空の向こうは
黄金の世界だ

喉仏を
突き出して
見る月
先っぽと
交わったひかり

夜のすばらしさ
を
名前も知らない
虫の声が
引き立てる

陶器
のような
冷気
顔一面に
広がる

寒い夜
左手だけ
ポケットに入れる
利き手になれなかった
左手を

雨上がりの夜
交差点に広がる
夕立に
こぼされた
メロンソーダ

8

愛・人間博

七百万年前から
終日
人間専用車です
お急ぎの方は
他の惑星を

オゾン層の
ありがたみに
気づけなかった
人間は
愛を語れない

一粒まるまる
魚のかたちの
キャットフード
人間のエゴを
食べさせてるのだ

雨や風や
自然に
趣を
感じる
マゾヒズム

私は
山も川も海も森も風も雨も
怖い
精神的苦痛
地球ハラスメント

冬が来た
太陽の
欠席裁判
が
はじまる

ヒトは
地球にしか
いないのに
この星の名は
水の惑星

きみが
きらいな
独裁者《あいつ》
も
同じ人間

顔も知らぬ
豚は食うのに
「誰でもよかった」
は
拒絶するのか

クジラが
プランクトンを
吸うように
人を馬鹿にして
生きている

自分の
唾液
は
口内に
愛おしく溜めておく

見知らぬ人の
二の腕は
すべて
コッペパンに
なればいい

さすがに
奴隷よりは
マシだと思い込んで
生きてきた
現代の奴隷

ごみ箱に
入れられたはずの
読み取り専用な
私が
すがたをあらわす

上には上がいるから
生き地獄は
終わらない
賽の河原は
積み終えれない

拷問は
あらたなる
拷問に
よってしか
終わらない

今から
逆走しても遅いよ
スタートから
後ろに走ってる人も
いるのに

メガネの
度が
きついのは
君が見たくない
世界だから

因縁を付け
君を殺したい
奴がいる
ダイバーシティが
喉に詰まった

すてきな箸づかい
邪魔者を
器用に
食べる
ダブルスタンダード

床に
落ちた毛は
どこの毛か
この大地に
生まれ落ちた命は

髪の毛一本
きょうも
主人《あるじ》に願う
私だけは
抜けおちませんように

脱毛するくせに
ラヴ
アンド
ピース
かよ

9　みんな主人公

ハイブリッドカーの
エンジン音を
聞くように
忍び寄る
ＩＴ社会

人類の叡智を
小馬鹿にするなら
閻魔様が
手書きで
鬼籍に入れてくれるよ

ノアに選ばれなかった
ひとびとは
アララト山へ
決死の登山
「やればできる」

食べ終わった
から
って
フォークとスプーンで
路上でライブ

勇者役で
溢れかえった
お遊戯会を
笑顔で見まもる
せんせー

この世界は
主人公達が集まった
オールスター
のはず
何だこの掃き溜めは

疲れた主人公たち
を
運ぶ車内で
ただ一人
笑顔の脱毛広告

透き通る
空気
冬の端っこ
輝いている
自殺防止の青色灯

深夜23時の
サラリーマン
カバンの中で
青光りする
モバイルバッテリー

自分の
存在価値は
影だけが
薄笑いながら
おしえてくれる

蛍光灯
では
充電できない
心はまるで
ソーラーパネル

うっすい
諭吉積み上げて
他人より
ちょっと
背伸びしてみよう

夫婦喧嘩は
犬も食わないが
メディア
の
主食

刺青お断りの銭湯
日本人は
学歴・職歴という
タトゥーは
大好きなのに

この世は
大特価バーゲンセール
人混みに気遣う前に
お目当ての物に
手をのばせ

この世の王にも
農民にも奴隷にも
なりたくなる
そんな心は
この世の全て

うまれたことに
意味なんてないよ
あなたと
一緒にうまれた
欲に耳を傾けて

良く実った
果実は
種子を残す
だから
欲は尽きない

何気なく
君が吸う
この空気も
五十億年後の人々には
垂涎モノ

嘘
は
パフェのコーンフレーク
きらびやかな
真実の土台

命より高いものは
ない
が
換金できるのは
死ぬ間際

10　何者にもなれないよ

どんな靴より
履き潰した
ギリ二十世紀
の
日本語たち

借りた
言葉と身体《からだ》で
伝えていく
借り物じゃないと
思いこんでいる心を

意外と
まだ
ビビッドに
見えるな
俺の日々

背の伸びたひまわりが
背の伸びた自分の茎を
はじめて
見るのは
枯れたときか

唾と同じで
吐いてから
時間経ったら
くさいことに
気がつくのさ

$$\frac{\text{才能}}{\text{年齢}} = \text{天才}$$

己が
救世主を
放棄することと
目指すことは
同罪

大衆受け
と
自己満足
の
汽水域

自分の影が
どこから照らされ
どこへ向かったのか
それを書き残すための
言葉

光速で
地球を狙う
宇宙人も
擬態するのなら
私も

跋　私の夢みるうたびとへ

草壁焰太

宇宙人は、どこかに隠れている。そこにいるらしいのに、正体がよく見えない。この歌集を読んで、私がいちばんわからなくてはならないのに、私が望んだ彼はどこにいるのかと、思った。

私が望んだから、その望みの先から、頭のいい彼は姿をけしたのかもしれない。とさえ思う。

山崎光という少年は、中学時代から五行歌を書いてくれていたが、当時千五百人ほどの中学生が書いている中で、私が選をすると、二回に一回は彼の歌を選んでしまうという少年だった。ふつうのことを書いている人と、頭を使ってなんとかほんとうのことを書こうとしている人がいる。

七年間、私はこの少年の歌を選びつづけ、年間大賞のような賞にも選び、五行歌の世界に招くことにも成功した。最近十年間のなかでの「ドラフト一位」と私は蔭で言っていた。

どうしても欲しい人材であった。

ヒトの眼は
静止するものを見れない
私も
平凡な日常を
幸せと見れない

私はこういう目を持つ人が好きだ。ここには、いままで誰も指摘しなかった、人間についての判断がある。こういう人が、未来の人間の世界のものの思い方、感じ方を決めていくであろうと思う。
私は、詩歌の世界のグループを作っているのに、「弟子」という言葉をほとんど使ったことがない。仲間とは言っているが、それもあまり使わない。うたびとを育てるということが、実はそういう慣れ合いとは、逆の方向にあると、たぶん感じているからである。

しかし、大勢の仲間ならざる仲間の中に、この人だけは「弟子」と思いたい人が何人かいる。

山崎光もその一人である。しかし、弟子となると、もっと対立せねばならないというのが、芸術の世界の孤絶した人と人の関りではないか。

私は、人を指導したことがない。私の指導ということがあるとしたら、ある人の作品に自分以上のものをみつけたとき、激賞するということである。あとは何もしない。

山崎という少年を私は激賞しつづけ、放置した。そうしていると、私とは違う私以上のものになると、私は思っている。

クジラが

プランクトンを

吸うように
人を馬鹿にして
生きている

私は、彼の本音がこれであってほしいと内心思う。彼のように内省が人一倍強い人が、こう言ったなら、私は人も世間も理解できる。たぶんそうだろうが、内省心の権化のような彼は、めったにそうはいわないのだ。

こうして、私はもっとも期待する少年が、二十歳を過ぎて、宇宙人になっているのを見た。彼は、私の未来なのである。私の思う未来人である。だが、いや、だからこそどこかに隠れている。

私はこの歌集を読むのに、三度ほどスマホで言葉の意味を調べた。めったにないことである。私が言葉を調べる？　言葉で生きている私は、不遜にもそう思っているところがある。

だが、山崎の歌を調べたのは、山崎が未来を作る人だからだと思う。私の思う未来は、私にぜんぶわかってはならないのである。

そのように感ずる。彼はかならず未来の人たちの基準を作る。そう信ずる。

さすがに
奴隷よりは
マシだと思い込んで
生きてきた
現代の奴隷

拷問は
あらたなる
拷問に
よってしか
終わらない

今から
逆走しても遅いよ
スタートから

後ろに走ってる人も
いるのに

彼はまだ人生に入っていないくらいの年齢である。人生は頭で思うこととは反対のことを知らされて展開されていく。頭で知ることができないことを知る上でも、巨人であってほしいな、と、私は私の未来を夢みる。

あとがき

小学生までは、私のハッシュタグは「真面目」でした。当時の私にとってそれは不名誉な称号であり、さらに不名誉な「優等生」のタグまでついて回りました。中学生になり、国語科の高橋由香里先生のおかげで「五行歌」に出会いました。何とか「汚名返上」したかったその頃の私は、先生曰く「斜に構えた」生徒だったそうです。

しかし、新聞投稿で入選していく五行歌たちはありのままの自分でした。「真面目」の奥底に沈殿していた「ありのまま」は歌に形を変え、また時にはミサイルとして水面へ顔を出すようになりました。

そのおかげか、今では「優等生」より「宇宙人」と呼ばれることが増えました。今回のハッシュタグは気に入っています。

そんな自称宇宙人のこれまでの歌をまとめたのが、この『宇宙人観察日記』です。観察というより自省でしょうか。これで、あるひと夏のアサガオが永遠に、記録を通して、記憶に残っていくように、ある一刹那を生きた「宇宙人」の記録が残せるのならば、これほど嬉しいことはありません。

前述の通り、今まで中学二年の時から七年以上「五行歌」を書いてきましたが、同世代の歌人も多くなく、ずっと「井の中の蛙」で来てしまいました。本当に周りの五行歌人の方々には支えていただき、また甘えさせていただきました。

この度、歌集出版にあたって、私に五行歌を教えてくださった高橋先生、出版をずっと後押ししてくださった漂彦龍氏、表紙とプロフィール写真を撮ってくれたchii氏、不出来な私をいつも支えてくださる市井社の皆様、そして、数多の歌の中から「斜に構えた」男の歌をすくいだしていただいた草壁主宰に、改めて感謝申し上げます。

二〇二〇年十一月

山崎　光

五行歌五則 ［平成二十年九月改定］

一、五行歌は、和歌と古代歌謡に基いて新たに創られた新形式の短詩である。

一、作品は五行からなる。例外として、四行、六行のものも稀に認める。

一、一行は一句を意味する。改行は言葉の区切り、または息の区切りで行う。

一、字数に制約は設けないが、作品に詩歌らしい感じをもたせること。

一、内容などには制約をもうけない。

五行歌とは

五行歌とは、五行で書く歌のことです。万葉集以前の日本人は、自由に歌を書いていました。その古代歌謡にならって、現代の言葉で同じように自由に書いたのが、五行歌です。五行にする理由は、古代でも約半数が五句構成だったためです。

この新形式は、約六十年前に、五行歌の会の主宰、草壁焔太が発想したもので、一九九四年に約三十人で会はスタートしました。五行歌は現代人の各個人の独立した感性、思いを表すのにぴったりの形式であり、誰にも書け、誰にも独自の表現を完成できるものです。

このため、年々会員数は増え、全国に百数十の支部があり、愛好者は五十万人にのぼります。

五行歌の会　https://5gyohka.com/
〒162-0843 東京都新宿区市谷田町三―一九
川辺ビル一階
電話　〇三（三二六七）七六〇七
ファクス　〇三（三二六七）七六九七

山崎 光（やまざき ひかる）
1999年、埼玉県生まれ
2015年、読売新聞埼玉版「よみうり五行歌」
2014年度年間賞受賞
同年、五行歌の会入会
現在、早稲田大学文学部在学中
五行歌の会同人、小江戸五行歌会代表

そらまめ文庫 や1-1
宇宙人観察日記

2020年12月1日　初版第1刷発行

著　者　　山崎　光
発行人　　三好清明
発行所　　株式会社 市井社
〒162-0843
東京都新宿区市谷田町3-19 川辺ビル1F
電話　03-3267-7601
https://5gyohka.com/shiseisha/

印刷所　　創栄図書印刷 株式会社
装　丁　　しづく
写　真　　chii

ISBN978-4-88208-180-7　C0292

そらまめ文庫

い 1-1　白つめ草　石村比抄子五行歌集
お 1-1　だいすき　鬼ゆり五行歌集
お 2-1　だらしのないぬくもり　大島健志五行歌集
お 3-1　リプルの歌　太田陽太郎五行歌集
か 1-1　おりおり草　河田日出子五行歌集
く 1-1　恋の五行歌　キュキュン200　草壁焔太 編
こ 1-1　雅 ―Miyabi―　高原《こうげん》郁子《かぐわし》五行歌集
こ 1-2　紬 ―Tsumugi―　高原《こうげん》郁子《かぐわし》五行歌集
こ 2-1　幼き君へ～お母さんより　小原さなえ五行歌集
さ 1-1　五行歌って面白い　五行歌入門書　鮫島龍三郎 著
さ 1-2　五行歌って面白いⅡ　五行歌の歌人たち　鮫島龍三郎 著
さ 1-3　喜劇の誕生　鮫島龍三郎五行歌集
み 1-1　一ヶ月反抗期　14歳の五行歌集　水源《みなもと》カエデ五行歌集
ゆ 1-1　きっと　ここ ―私の置き場―　ゆうゆう五行歌集

※定価はすべて800円（+税）です